1875 - Novembre - 27

Vente du Samedi 27 Novembre 1875

TABLEAUX

ANCIENS

SUCCESSION COUVREUR

CATALOGUE

DES

TABLEAUX

ANCIENS

DES

ÉCOLES FLAMANDE, HOLLANDAISE, ALLEMANDE
ET ITALIENNE

Dépendant de la succession de M. COUVREUR

ET DONT LA VENTE AURA LIEU

HOTEL DROUOT, SALLE N° 1

Le Samedi 27 Novembre 1875

A DEUX HEURES.

COMMISSAIRES-PRISEURS :

Me CHARLES PILLET,	Me MAURICE DELESTRE,
	SUCCESSEUR DE Me DELBERGUE-CORMONT,
10, rue de la Grange-Batelière.	rue Drouot, 23.

EXPERTS :

MM. DHIOS et GEORGE, 33, rue Lepeletier.

Chez lesquels se trouve le présent Catalogue.

EXPOSITION PUBLIQUE : Le Vendredi 26 Novembre 1875,

DE UNE HEURE A CINQ HEURES.

CONDITIONS DE LA VENTE

Elle sera faite au comptant.

Les adjudicataires payeront *cinq pour cent* en sus des enchères.

Paris. — Typ. PILLET fils aîné, rue des Gr.-Augustins, 5.

DÉSIGNATION

ÉCOLES

FLAMANDE, HOLLANDAISE & ALLEMANDE

AALST

(VAN)

1 — Oiseaux morts posés sur une table couverte d'une draperie bleue.

Bois. Haut., 34 cent.; larg., 31.

ARTOIS

(JACQUES VAN)

2 — Paysage boisé et figures.

Toile. Haut., 63 cent.; larg., 78 cent.

BOEL

(PIERRE VAN)

3 — Nature morte.

Une volaille plumée, un lièvre, des perdrix et un quartier de viande posés sur une table.

Porte le monogramme du peintre.

Toile. Haut., 80 cent.; larg., 112 cent.

BOEL

(PIERRE VAN)

4 — Nature morte.

Poissons, tortue, huîtres et chat sur une table.

Ce tableau porte le monogramme P. V. B. 1656.

Toile. Haut., 74 cent.; larg., 102 cent.

CRANACH

(LUCAS)

5 — Vénus et l'Amour.

Bois. Haut., 47 cent.; larg., 32 cent.

DURER

(ÉCOLE DE A.)

6 — Apollon et Marsyas.

Au pied d'une haute montagne rocheuse, couronnée par un château féodal, Apollon, gardant ses troupeaux, souffle dans une flûte de roseaux ; devant lui Pan et Marsyas jouant de la flûte et de la viole. A droite et à gauche, deux grands arbres aux branches desquels sont suspendus des écussons.

Monogramme.

Bois. Haut., 44 cent.; larg., 32 cent.

DURER

(Attribué à A.)

7 — Le Cavalier de la mort.

Bois. Haut., 25 cent.; larg., 21 cent.

DURER

(ÉCOLE DE A.)

8 — La Vierge et l'Enfant Jésus.

Cuivre. Larg., 21 cent., long., 18 cent.

EECKHOUT

(GERBRAND VANDEN)

9 — Portrait d'homme.

De face, coiffé d'un béret, manteau noir tenu par une agrafe ; les deux mains posées sur le pommeau d'une épée.

Bois. Haut., 72 cent.; larg., 58 cent.

10 — Portrait de femme

De face, la tête couverte d'un voile noir, corsage en velours grenat avec broderies d'or ; les mains croisées sur sa poitrine.

Bois. Haut, 72 cent.; larg., 58 cent.

GOES

(HUGUES VAN DER)

11 — Vierge et Enfant Jésus.

La Vierge, assise, la tête entourée de rayons dorés, tient sur ses genoux l'enfant Jésus, auquel elle présente une pomme.

Cadre gothique à clochetons, en bois sculpté et doré.

Bois. Haut., 34 cent.; larg., 24 cent.

GOLTZIUS

(H.)

12 — Composition allégorique.

Bois. Haut., 60 cent.; larg., 44 cent.

GOYEN

(VAN)

13 — Paysage.

Village avec grands arbres, près d'une rivière couverte de barques et de bateaux de pêche.

Bois. Haut., 27 cent.; larg., 35 cent.

GRAND-JEAN

(J.)

14 — Bacchus et Ariane.

Ariane, assise au pied d'un grand arbre, tend une coupe dans laquelle Bacchus presse une grappe de raisin. Dans le fond, à droite, une bacchanale.

Bois. Haut., 41 cent.; larg., 48 cent.

HALS

(DIRCK)

15 — Musico hollandais.

Plusieurs cavaliers et des femmes galantes, autour d'une table copieusement servie, prennent leurs ébats à la fin d'un dîner. A gauche, une jeune femme assise sur les genoux d'un des convives; à droite, à l'autre bout de la table, un cavalier passant son bras au cou d'une des femmes; au centre, une servante enlève un reste de pâté qu'on lui tend; au fond, un groupe de plusieurs personnages; à droite, une femme étendue sur un lit à rideaux verts.

Bois. Haut. 45 cent.; larg., 56 cent.

HALS

(DIRCK)

16 — Portrait d'homme.

En costume Louis XIII, debout dans un paysage.

Cuivre. Haut., 41 cent.; larg., 28 cent.

HÉDA

(?)

17 — Coupe et plats en argent remplis de fruits, posés sur une table.

Grande analogie avec les œuvres de Héda. A l'intérieur de la coupe est une signature peu lisible.

Bois. Haut., 61 cent.; larg., 44 cent.

HOLBEIN

(Attribué à)

18 — Portrait d'homme.

De trois quarts, en buste, la tête découverte, vêtement noir avec colerette blanche.

Bois. Haut., 28 cent.; larg. 22 cent.

HOLBEIN

(ÉCOLE DE)

19 — Petit portrait d'homme.

En buste, toque noire et vêtement avec fourrures.

Bois. Haut., 24 cent.; larg. 18 cent.

HOLBEIN

(ÉCOLE DE)

20 — Portrait d'un docteur.

En buste, coiffé d'une toque, vêtement noir doublé de fourrure; fond de paysage.

Bois. Haut., 35 cent.; larg., 25 cent.

HONDEKOETER

21 — Nature morte.

Un coq à plumes blanches est suspendu par une patte à une branche d'arbre; près de lui des oiseaux morts.

Toile. Haut., 81 cent.; long., 63 cent.

HULSDONCK

(JAN VAN)

22 — Nature morte.

Fromage, figues, amandes, poissons, etc., dans des assiettes; verres et choppe, posés sur une table.

Signé.

Bois. Haut., 45 cent.; larg., 68 cent.

JORDAENS

23 — Jupiter tenant la foudre.

Buste.

Bois. Haut., 32 cent.; long., 23 cent.

KONINCK

(SALOMON)

24 — Le prophète Élie chez la veuve de Sareptha dont le fils vient de mourir.

Bois. Haut., 82 cent.; larg., 70 cent.

LUCAS DE LEYDE

(ÉCOLE DE)

25 — Esther et Assuérus.

Bois. Haut., 41 cent.; larg., 32 cent.

MEMLING

(Attribué à)

26 — La Vierge aux anges.

La Vierge, assise sur un trône, tient sur ses genoux l'enfant Jésus qui égrène un chapelet ; quatre anges, debout, autour d'eux, chantent les louanges du Seigneur.

Bois. Haut., 38 cent.; larg., 22 cent.

MEMLING

(ÉCOLE DE)

27 — Petit tryptique.

Au centre, la Vierge soutenant le corps du Christ.

Volet gauche : Saint Jean l'Evangéliste ;

Volet droit : Sainte Magdeleine.

METZIS

(QUENTIN)

28 — Les deux Avares.

Bois. Haut., 84 cent.; larg., 65 cent.

MIGNON

(ABRAHAM)

29 — Fruits.

Pêches, raisins, chataignes, etc., suspendus par un ruban bleu.

Haut., 37 cent.; larg., 29 cent.

MOLENAER

(JAN)

30 — Intérieur d'un musico hollandais.

De nombreux personnages, réunis autour de deux tables, boivent, mangent ou jouent aux cartes ; dans le fond, une rixe de villageois.

Toile. Haut., 48 cent.; larg., 61 cent.

MOLENAER

(JAN)

31 — La Danse.

Dans l'intérieur d'une salle de cabaret, de nombreux villageois se livrent au plaisir de la danse.

Toile. Haut., 48 cent.; larg., 61 cent.

NEEFS

(PEETER)

32 — Intérieur d'église.

Cuivre, Diam., 17 cent.

NETSCHER

(GASPARD)

33 — Portrait d'une jeune femme de la cour de Louis XIV.

En riche costume, debout, dans un paysage, auprès d'une vasque.

Bois. Haut., 34 cent.; larg., 27 cent.

POELEMBURG

34 — Repos de la sainte Famille.

Bois. Haut., 19 cent.; larg., 24 cent.

RAVESTEIN

(JAN DE)

35 — Portrait de femme de distinction.

En buste, avec large fraise tuyautée, robe noire à manches bouillonnées, et chaîne d'or.
En haut, à gauche, un blason.

Bois. Haut., 63 cent.; larg., 52 cent.

REMBRANDT

(ÉCOLE DE)

36 — Portrait d'homme.

Vu de face, assis et à mi-corps; coiffé d'une toque, vêtu d'un manteau noir, et portant une chaîne d'or à médaillon; il tient une arme orientale.

Bois, Haut., 83 cent.; larg., 66 cent.

RUBENS

(P.-P.)

37 — Portrait de jeune femme.

A mi-corps, cheveux blonds ornés de pierreries, toque noire à plumes blanches, collier et pendants d'oreille en perles; vêtue d'une robe noire, recouverte aux épaules d'un fichu de mousseline.

Bois. Haut., 63 cent.; larg., 49 cent.

RUBENS

(Attribué à)

38 — Episode historique.

Esquisse pour un carton de tapisserie.

Toile. Haut., 44 cent.; larg., 44 cent.

SALLAERT

(ANTOINE)

39 — L'Infante Isabelle au tir du Grand-Serment. (Bruxelles, 15 mai 1615.)

Ce jour-là, l'Infante assista au tir et abattit l'oiseau élevé à la hauteur du clocher de l'église Notre-Dame, au Sablon.

Au second plan, à gauche, sur une place devant le portail, la princesse, tenant encore l'arbalète dont elle vient de se servir, reçoit les félicitations de trois dignitaires du Grand-Serment. Derrière elle, sous une tente en draperie rouge, l'archiduc Albert est assis, ayant près de lui un page. Autour de ce groupe sont rangés les membres de la confrérie, des seigneurs, des hallebardiers, des bourgeois et des gens du peuple, attentifs à ce qui se passe ou poussant des acclamations.

Au centre, en avant de l'église, est une maison où l'on voit de nouveau l'archiduchesse saluant la foule du haut d'un balcon, tandis que, des autres fenêtres, des personnages de la cour jettent de l'argent au peuple.

Tout le premier plan est occupé par un cortége conduisant triomphalement à l'église l'Infante, proclamée Reine du Grand-Serment, et qu'on voit pour la troisième fois. Elle est assise avec son époux dans un carrosse attelé de six chevaux, escorté de hallebardiers et entouré des dignitaires de la confrérie. L'un d'eux montre, au bout d'une flèche, l'oiseau abattu par Isabelle. Une musique les précède. En avant, un page porte l'arbalète de la princesse. D'autres membres, la tête découverte et revêtus sur l'épaule de leurs insignes, marchent sur deux files; les premiers tiennent des arbalètes ou des flèches. Le cortége se développe ainsi, de droite à gauche, traversant des groupes de curieux où l'on cause avec animation de l'événement du jour.

Cette composition, qui était attribuée à *Adrien Vander Venne* et que nous croyons devoir restituer à Sallaert, contient une quantité presque innombrable de personnages. Elle est des plus intéressantes au point de vue des mœurs et des costumes du commencement du XVIIe siècle. La plupart des figures, traitées avec esprit et finesse, semblent être autant de portraits consciencieusement peints d'après nature.

Il existe au musée de Bruxelles un second tableau de Sallaert, représentant le même sujet avec quelques variantes, dans une plus grande dimension. Il est décrit sous le n° 300 du catalogue, rédigé, avec autant de talent que de savoir, par M. Ed. Fétis, et auquel nous avons emprunté quelques-uns des renseignements qui précèdent. Ce tableau qui a longtemps orné l'église Notre-Dame au Sablon, est d'une exécution moins soignée, d'un dessin moins étudié, les têtes des personnages historiques sont loin d'offrir le même caractère de ressemblance que dans celui qui nous occupe. Tout porte donc à croire que le tableau appartenant à la succession Couvreur est l'œuvre officielle commandée à l'artiste, tandis que l'autre est une répétition, destinée à la décoration de l'église de Notre-Dame à Bruxelles.

Toile. Haut., 145 cent.; larg., 238 cent.

SCHOEVAERDTS

(1733)

40 — La Chasse au faucon.

41 — Conversation de villageois au bord d'une rivière.

Deux pendants.

Cuivre. Haut., 24 cent.; larg., 32 cent.

SCHUTZ

42 — Vue des bords du Rhin.

Effet de clair de lune.

Bois. Haut., 29 cent.; larg., 42 cent.

TÉNIERS

(DAVID)

43 -- Les Joueurs de boules.

Au premier plan, sept villageois occupés à une partie de boules; à gauche, un peu plus loin, une auberge et quatre autres figures. A droite, sur un plan éloigné, un village sur une colline, au pied de laquelle un pâtre garde des moutons.

Bois. Haut., 64 cent.; larg., 98 cent.

TÉNIERS

(DAVID)

44 — Paysage.

Au centre, un bouquet de grands arbres bordant une route; à gauche, une chaumière, sur le seuil de laquelle un fumeur est assis; un peu en avant, des ustensiles de cuisine ; à droite, une autre chaumière, sur le bord d'un cours d'eau.

Toile. Haut., 116 cent.; larg., 190 cent.

TÉNIERS

(DAVID)

45 — Paysage.

Plusieurs villageois causent auprès d'une chaumière.

Bois. Haut., 16 cent.; larg., 22 cent.

TÉNIERS

(DAVID)

46 — Fumeur.

Un jeune fumeur, assis sur un tonneau, allume sa pipe avec un charbon pris dans un réchaud posé devant lui.

Bois. Haut., 25 cent.; larg., 19 cent.

THULDEN

(TH. VAN)

47 — Persée délivrant Andromède.

Signé en toutes lettres et daté 1646.

Toile. Haut., 98 cent.; larg., 112 cent.

VERTANGEN

(D.)

48 — Diane découvrant la grossesse de Calypso.

Dans un paysage boisé, traversé par une rivière, la déesse, assise sur un tertre, regarde la nymphe à qui ses compagnes viennent d'enlever ses vêtements.

Cuivre. Haut., 38 cent.; larg., 54 cent.

WÉENIX

(JAN-BAPTISTE)

49 — Fin d'un souper.

Bois. Haut., 60 cent.; larg., 74 cent.

N. K.

(1520)

50 — Portrait d'homme.

Vu à mi-corps, assis devant une draperie, coiffé d'un chapeau à larges bords; vêtement orné de fourrures, qu'il retient de la main gauche sur sa poitrine. Fond de paysage.

Bois. Haut., 58 cent.; larg., 44 cent.

F. R.

(INITIALES)

51 — Combat de cavalerie. Époque Louis XV.

Analogie avec les œuvres de Van Blarembergh.

(Toile. Haut., 23 cent.; larg., 31 cent.

ÉCOLE ALLEMANDE

(XVe SIÈCLE)

52 — Jésus devant Pilate.

Bois. Haut., 88 cent.; larg., 62 cent.

ÉCOLE FLAMANDE

XVIe SIÈCLE.

53 — La Circoncision.

Bois. Haut., 71 cent.; larg., 57 cent.

ÉCOLE FLAMANDE

54 — Portrait de femme.

En costume du XVIe siècle, elle tient d'une main un missel et de l'autre un chapelet.

Toile. Haut., 55 cent.; larg., 45 cent.

ÉCOLE HOLLANDAISE

55 — Portrait de Karel du Jardin.

Représenté en buste, coiffé d'un chapeau à larges bords ; de sa main droite, il ramène sur son épaule un manteau gris.

Cuivre. Haut., 15 cent.; larg., 12 cent.

ÉCOLE HOLLANDAISE

56 — Cinq portraits de personnages du temps de Louis XIII.

Dame et seigneur debout, en riche costume; buste d'une infante; portrait d'une dame de la cour, et tête de jeune homme.

Contenus tous les cinq dans un même cadre.

ÉCOLE ITALIENNE

BOCCACCINO

(BOCCACCIO DE CREMONE).

57 — La Vierge à la pomme.

Marie, vue de face, présente une pomme à l'enfant Jésus, assis devant elle sur un mur de pierre.

Diam., 33 mill.

CALCAR

(I. ST. VON.)

58 — Portrait d'un personnage du temps de Philippe II.

Debout près d'une colonne, il est revêtu d'une riche cuirasse, la main gauche appuyée sur un casque et tenant de la main droite un bâton de commandement.

Toile. Haut. 136 cent.; larg., 103 cent.

CARAVAGE

(MICHEL-ANGE, AMERIGHI, dit le)

59 — Musicienne.

Une jeune femme à mi-corps, vêtue d'une tunique blanche, dans l'attitude de l'inspiration, chante en s'accompagnant de la mandoline. Un chardonneret est posé sur sa tête et une sauterelle sur son instrument.

Toile. Haut., 95 cent.; larg., 75 cent.

CASTIGLIONE

(BENEDETTI)

60 — L'Annonciation aux bergers.

61 — L'Adoration des bergers.

Toiles. Haut., 117 cent.; larg., 145 cent.

CIMA DA CONEGLIANO

62 — La Vierge et l'Enfant Jésus.

Bois. Haut., 48 cent.; larg., 35 cent.

GAROFALO

63 — Sainte Famille.

La Vierge, assise dans un paysage, tient l'enfant Jésus devant lequel le petit saint Jean est agenouillé. Derrière, saint Joseph debout. Au-dessus plane une gloire d'anges.

Bois. Haut., 45 cent.; larg., 35 cent.

GAROFALO

64 — Vierge en prière.

Elle est agenouillée, les mains jointes, devant un prie-Dieu sur lequel se trouve un livre ouvert.

Bois. Haut. 27 cent.; larg., 18 cent.

GUARDI

65 — Vue de Venise.

Fête sur le grand canal, en face la piazetta.

Toile, Haut. 38 cent.; larg., 62 cent.

MANTEGNA

(Attribué à)

66 — Le Sauveur du monde.

Debout, tenant une croix d'une main et un globe dans l'autre. Il est entouré de la Vierge, de sainte Élisabeth et de saint Jean.

Toile. Haut. 71 cent.; larg., 43 cent.

MARIESCHI

(Deux pendants)

67-68 — Vues de Venise.

La Place Saint-Marc.
Le Palais Ducal.

Toiles. Haut., 51 cent.; larg., 68 cent.

MICHEL-ANGE

(d'après)

69 — Le Jugement dernier.

Ancienne copie.

Bois. Haut., 126 cent.; larg., 113 cent.

PARMESAN

70 — Vénus et l'Amour.

Curieuse composition à plusieurs personnages allégoriques.

Toile. Haut., 148 cent.; larg., 118 cent.

RIBERA

(JUSEPPE)

71 — Saint Pierre et saint Paul.

A gauche, saint Pierre, de grandeur naturelle, debout, vêtu d'une tunique noire avec manteau jaunâtre, tient des deux mains un parchemin déroulé ; à son côté, à droite, saint Paul, aussi debout, vêtu d'une tunique brune avec manteau rouge, la main droite appuyée sur la garde de son épée, soutient de la main gauche le parchemin que lit saint Pierre. Devant eux, sur une table, des livres et une clef.

On lit au bas du tableau : ***Joseph Ribera, Hispanus valentinus civitatis setabis academicus romanus.***

Toile. Haut., 124 cent.; larg., 112 cent.

RIBERA

72 — Portrait d'un savant.

La main gauche appuyée sur un compas.

Toile. Haut., 56 cent.; larg. 50 cent.

ROSSO

73 — Vénus debout tenant un miroir.

A ses pieds sont un vase ciselé et les attributs de Mars et de l'Amour.

Toile. Haut., 53 cent.; larg., 28 cent.

VINCI

(Attribué à LÉONARD DE)

74 — La Vierge tenant l'Enfant Jésus.

Tableau inachevé.

Bois. Haut., 63 cent.; larg., 48 cent.

ZUCCHERO

75 — L'Embarquement.

Une jeune Reine, accompagnée de ses servantes et de guerriers, monte dans une barque qui l'attend au rivage.

Toile. Haut., 43 cent.; larg., 60 cent.

ÉCOLE DE PARME

76 — La Vierge et l'Enfant Jésus.

Haut., 48 cent.; larg., 38 cent.

ÉCOLE FRANÇAISE

CLOUET

(École de)

77 — Portrait de jeune femme.

En buste, de face, cheveux blonds ornés d'un diadème. Riche costume du XVIe siècle garni de pierreries et de passementeries dorées, avec fraise en guipure.

Bois. Haut., 34 cent.; larg., 25 cent.

CLOUET

78 — Portrait d'un docteur.

Vu en buste, coiffé d'un bonnet carré et portant une toge noire, avec collerette tuyautée.

Bois. Haut., 28 cent.; larg., 23 cent.

OLIVIER

(M. B.)

79 — Le Concert.

Quatre musiciens, costumés à l'espagnole, jouent

de divers instruments devant une dame et un seigneur assis sur un canapé, à l'entrée d'un palais. Derrière eux, une servante qui apporte des rafraîchissements.

Haut., 42 cent.; larg., 36 cent.

WALLAERT

(P.)

80 — Marine.

Un navire, poussé par une mer orageuse, vient se briser sur des rochers. A gauche, près d'une grotte, plusieurs marins regardent une barque luttant contre les flots, à laquelle ils s'apprêtent à porter secours.

Toile. Haut., 71 cent.; larg., 88 cent.

ÉCOLE FRANÇAISE

81 — Portrait d'une actrice.

Jeune femme représentée de face, coiffée d'un petit tricorne, vêtue d'une robe de velours couverte de broderie d'or ; une écharpe de satin flotte autour des épaules.

Toile. Haut., 70 cent.; larg. 58 cent.

ANCIENNE ÉCOLE DE BOURGOGNE

82 — Trois portraits en pied avec armoiries.

1° Philippe, archiduc d'Autriche, père de Charles-Quint.

2° Maximilien Ier.

3° Charles le Téméraire, comte de Charolais.

Bois. Haut., 30 cent.; larg., 22 cent.

ÉCOLE ANGLAISE

83 — Portrait de jeune homme.

En buste, la tête inclinée, coiffé d'un feutre noir, vêtement en drap vert.

Toile. Haut., 57 cent.; larg., 47 cent.

ÉCOLE GRÉCO-RUSSE

84 — Figure de saint.

Peinture sur fond d'or.

Dans six compartiments sont représentés les principaux épisodes de sa vie.

Cadre en bois sculpté et doré.

Bois cintré. Haut., 30 cent.; larg., 24 cent.

www.ingramcontent.com/pod-product-compliance
Ingram Content Group UK Ltd.
Pitfield, Milton Keynes, MK11 3LW, UK
UKHW032022260826
14628UKWH00006B/2667

9 782329 458182